KB142402

옥수수가 온다

옥수수가 온다

2024년 3월 10일   초판 1쇄 인쇄 발행

지 은 이 ㅣ 강병숙
펴 낸 이 ㅣ 박종래
펴 낸 곳 ㅣ 도서출판 명성서림

등록번호 ㅣ 301-2014-013
주   소 ㅣ 04625 서울시 중구 필동로 6 (2, 3층)
대표전화 ㅣ 02)2277-2800
팩   스 ㅣ 02)2277-8945
이 메 일 ㅣ ms8944@chol.com

값 12,000원
ISBN 979-11-93543-54-2

강병숙 시집

옥수수가 온다

도서 출판 명성서림

시인의 말

봄, 봄

봄은 나에게 더 특별하다

을미년 삼월 열엿새에 태어났고

따스한 햇살이 스며들던 초등 5학년 봄날

창밖을 내다보다 우연히 마주친 흰 도깨비

그 아지랑이가 내 가슴에서 늘 아른거린다

시를 쓰고 싶은 목마름이다

이제 겨우 두 번째로 갈증을 해소해 본다

부지런히 갈증 해소를 위해 애써야겠다

또 다른 봄날에

세 번째, 네 번째, 다섯 번째….

차례

제2부 벽화

제3부 순례자

제4부 용설리

제5부 사물

제6부 인연

제1부

—

일상

옥수수가 온다

방치된 밭은
몰염치한 잡풀로 가득했다
잡풀 속에서
한 뼘도 안 되는 못난이 옥수수들
버릴까 하다가
한 겹 한 겹 벗겨본다
의외로 탱글탱글 알이 꽉 차 있다

기죽지 않고 기지를 발휘했을 옥수수
받을 수 있는 만큼의 햇볕 양
나눌 수 있는 만큼의 땅속 양분
알 속을 채울 수 있는 만큼
속 대궁 길이를 재단했겠지

수 없는 대화와 협동으로
낙오자가 없도록
알 속을 채워 갔을 것이다

난쟁이 옥수수들은
그렇게
씩씩하고 당차게
씨만 뿌려놓고
긴 투병 생활로 돌보지 못한
주인의 빈자리를 굳건히 지켜냈다

콩의 변辯

밤새 커다란 고무통 안에서
몸을 부풀려가며 두런거린다
두드득 두드득

한 줌 가을볕까지 알뜰히 핥으며
그대들의 비리고 아린 삶 담아내려
무던히 애썼다오

참혹한 도리깨질로
입었던 옷 다 벗어내고
동글동글 탱글탱글

그대들 환한 미소 앞에
우리는 새로운 꿈으로 가득하다오

아리고 비린 맛을
구수한 맛으로

바실리아 균*

레스베라트롤* 동원해

그대들의 부요富饒를

* 바실리아 균 : 청국장 띄울 때 생성되는 우리 몸에 유익한 균
* 레스베라트롤 : 잘 숙성된 된장일지라도 공기에 노출되어 무해한 곰팡이에 공
  격을 받으면 된장 표면에 하얗게 나타나는 이로운 물질

누름돌

묵묵히 참고 기다린다
오랜 세월 깎이고 깎여
둥글둥글 모나지 않고
반듯하게 다듬어진 품새에
꾸욱 꾸욱 눌러
비로소
갇힌 공간에서 뿜어내는
숙성된 맛이 오묘하다

들떠 있어 그르치게 되는 많은 것들

나는
누구의 누름돌이 되어
제대로 된 맛과 향을 지켜주었는가

입 동 立冬

땅에 묻은 항아리 속 하얀 무
수평으로 선 채 차곡차곡 쌓여있고
미처 떠나지 못한 나뭇잎
날 세운 바람에 떠밀려 다니다
버썩 마른 흙 속 수직의 빈 하늘에 황급히 들어가
숱한 봄 여름 가을 이야기 한 아름 싸 안고 앉았다

동안거는 그렇게 시작되고
첫눈부터 겨울 이야기꽃은 피어나리

면장모가지

모처럼 반가운 손님이 온단다
갖은 약재를 넣고 달인 닭백숙을 대접하기로 했다
닭을 손질하며 잠시 고민에 빠진다
면장모가지를 넣을까 말까

닭은 면장모가지 하나씩을 달고 산다
은밀히 기름진 영양분을 거기에 모아두는 태생적 습성
현대인들이 가장 싫어하는 부위가 되었지만

과거엔 그 기름진 부위가 꽤 인기였다지
어느 고을 군수와 면장이 함께 잔칫상을 받았네
푸짐한 닭 요리도 상에 올랐지
눈치 없는 면장 그 기름진 부위를 날름 먹어버렸네
아꼈다가 나중에 먹으려던 군수는 화가 치밀었지
결국 괘씸죄로 면장은 파직당했네
그래서 생겨난 말 면장모가지

시아버님은 면장모가지를
콜라겐 덩어리라 하시며
유난히 좋아하셨다
몇 개를 더 얻어오는 오지랖 덕분에
난 면장아줌마 별명도 얻었다
면장아줌마 오늘은 닭 안 사시나요
짓궂게 놀려대던 닭 가게 사장님
새댁 시절엔 홍당무가 되어 도망쳤지만
삼십 년 넘게 들었던 그 소리가 이제는 그리움이다

우리 집 닭장은 늘 면장모가지들로 시끄럽다
꼬끼오~
꼬끼오~
(군수 나쁜 놈~)

새벽종이 울렸네

새벽 4시 알람이 울린다
새마을운동 조끼와 모자 장화를 챙겨 신고
폐비닐 수거장으로 향한다

내일모레가 말복
연일 찌는 듯한 폭염에도 아랑곳하지 않고
새마을지도자 부녀회장들이 모여든다

오늘은 하지감자 캔 후 생겨난 폐비닐을 수거하는 날
커다란 빽자루가
새마을지도자 트럭에 실려 속속 들어오고
낫으로 그것을 헤쳐 검정비닐 투명비닐 비료푸대
따로 분리하는 것이 부녀회장들의 몫
그것을 삐용-삐용 경운기 경속소리가 한쪽으로 밀어대면
커다란 폐비닐 산이 된다
한편에서는 농약병 분리수거가 한창이다
저 엄청난 폐비닐과 농약병이
논과 밭에 그대로 방치된다면~
우리가 힘들어도 해야만 하는 이유다

일 년에 몇 차례 이런 작업으로 흘린 구슬땀의 대가는
사랑의 실천으로 돌아온다
독거노인들에게 반찬 봉사,
어려운 이웃에게 쌀 나눔, 김장나누기 행사 등

육십 년대 시작된 새마을운동은 아직도 진행형이다
환경보호 지구 지킴이 나눔의 봉사로 계속되고 있다

나의 어머니는 지지미*에서 이십여 년 새벽종을 울리셨고
나는 안성댁이 되어 4년째 알람을 울리고 있다

* 지지미 : 경기도 하남시 초이동의 부락 단위 한 마을 이름

왕겨가 있어야 하는데

아궁이에선 장작불이 벌겋게 이글이글
가마솥은 잘금잘금 눈물을 흘리는가 싶더니
울컥 토해내는 울분은 감당할 길 없어

이럴 땐 왕겨를 뿌려주며 달래야 하는데
왕겨는 다 어디로 갔을까

왕겨는 풍로가 다스렸지
활활 타게도
은근히 잦게도

가마솥 아궁이 장작 풍로
왕겨가 다 있어야 했어
푹 고아진 콩이 제맛을 내려면

우리가 잃어버린 것들
지존의 근엄
모든 걸 보듬던 따스한 품
티격태격으로
양보 타협 배려 협동을 키웠던 울타리

허물어진 울타리 찾아야 해
다시 든든히 세워
사랑의 온기로 와글와글 채워야 해

왕겨와 같은 역할
할아버지 할머니 품이 그리워

으알이* 에서 옹알이를 보다

으알이가 옹알이 되어 들뜨게 하는 아침

오 년의 기다림 끝에
벙글벙글 피어난 환희

너의 태생은 인적 없는 깊은 산 중
음습한 곳에서
작고 하얗게 외로이 피어
신록이 우거지기 전에
사색의 나래 깃 퍼덕이며
조용히 스러져 가는 것이지

내가 너를 환한 곳으로 끌고 나왔어
매년 움은 트는데 기댈 것 찾아 헤매다가
흔적 없이 사라지곤 해서 애를 태웠지
포기를 인내로 바꾼 기다림에 보답하듯
다섯 송이 크고 환하게 웃고 있네

곧 태어날 내 손녀딸 찰떡이
축복의 길을 환하게 터주듯

지지대 튼실히 세워가며
벙글고 하얀 네 미소를 키워 갈 거야

* 으알이 : 으아리꽃이 표준어. 작가가 옹알이와 대비시키기 위해 의도적으로 으
  알이로 표현함

히야신스를 고대하다

아침마다 네 자리를 훑어보며 중얼대지
왜 이리 더딜까
혹독한 겨울 추위에 잘못된 건 아닐까
우리 집 정원에 제일 먼저 봄소식을 알리는 전령사
적막 가운데 딱 한 송이 피어 더 돋보였지

나는 너를 심은 적이 없는데
그이가 몰래 끼고 온 시앗*이런가
몇 년 전부터 빼꼼히 얼굴 내밀어
하얀 드레스 걸쳐 입고 우아한 자태로
달콤한 향내를 뿜어내며
온 정원의 꽃들을 흔들어 깨우던 너

원추리 새싹들 파랗게 자리 잡아 가고
노란 민들레 여기저기서 방긋방긋
보랏빛 제비꽃들도 앙증맞게 피어있고
함박꽃 꽃대들도 벌겋게 쑥쑥 올라오는데
넌 어찌하여 감감무소식이냐

올해는 늦잠을 잤다고 배시시 웃으며
얼른 일어나렴

그이보다 내가 더 애를 태우고 있구나

* 시앗 : '남편의 첩'을 본처가 일컫는 말

황제 커피

ㄱ. 건청궁에서 즐기셨다던

ㄴ. 누룽지 맛의 구수한 커피를 모처럼

ㄷ. 대청마루에 앉아서

ㄹ. 리듬 타는 여치 귀뚜라미 소리 들으며

ㅁ. 먼 산에 눈을 두고

ㅂ. 반 모금씩 음미해 본다

ㅅ. 시인 엄마 커피 중독자는 황제 커피 맛을

ㅇ. 어떻게 평가할까 궁금한 딸아이가

ㅈ. 저 멀리 군산에서 공수해왔다

ㅊ. 처음엔 시큰둥한 반응으로 일관했다

ㅋ. 커피에 상술을 덧붙인 불순한 의도가 싫어서

ㅌ. 타국에서 건너온 검은빛의 차를 마시며

ㅍ. 풍전등화 같았던 나라 걱정으로

ㅎ. 힘들었던 고종께서는 잠시 마음의 안정을 얻을 수 있었을까

ㄱ. 구수한 이 맛에서

ㄴ. 나는 잠시 건청궁으로 향해본다

ㄷ. 대들보의 위용에 압도당하며

ㄹ. 라디오 축음기 타자기 여러 소품 중에

ㅁ. 명성황후가 좋아했다던

ㅂ. 본차이나 커피잔에 유독 눈길이 간다

ㅅ. 사방을 병풍으로 둘러

ㅇ. 아늑함을 주고

ㅈ. 자연스럽게 비단 방석이 놓여 있다

ㅊ. 처음으로 두 분이 마주 앉아

ㅋ. 커피를 마셨을 때 기분을

ㅌ. 타인인 내가 한 세기를 넘어

ㅍ. 풋풋한 연정으로 느끼는 것은

ㅎ. 황후의 피가 흘러서가 아닐까

박새의 모정

마당 한 켠 깨진 항아리 속
새로운 꿈이 들어앉았다

항아리 속 열기를
미처 깨닫지 못한 모정

한낮 뜨거운 열기를
파닥파닥 날갯짓으로 식힌다

사월 내내
품고 식히고 굴리고 먹이고

작은 항아리 속에선
어미의 투혼으로
아기 박새들 비상의 꿈이
영글고 있는데

바깥세상에선
버려지고 밀쳐지는
슬픈 영혼들이여

제2부
—
벽화

광 양 명 검

오늘은 우리가 은퇴하는 날

멀리 광양에서 소를 따라 와
이곳 강남에서 호흡을 맞춰온 지 30년

언 손 호호 녹여가며
한석봉 어머니 심정으로 심혈을 기울여
살점을 얇게 얇게 저미는 일
육즙의 풍미를 위한 작업이기도 했지만
세 아이 희망의 뜨락에
기도를 심는 일이기도 했어
네 희생이 요구되는 일이기도 했지
매일 숫돌에 너의 날을 아프게 비벼대며
시퍼렇게 깎아 내야 했으니까

희망의 뜨락에서 잘 자란 꿈나무들은
여섯 아이의 아버지 어머니로 우뚝 섰으니
양어깨 짓눌렀던 무거운 짐
이제는 가볍게 내려놓고 훨훨 날으리

내 어깨 굽어지고
손가락 관절이 울퉁불퉁 변하는 동안
서슬 퍼렇게 번뜩이던 너도 닳고 닳아
볼품없는 기다란 창칼이 되어버렸네

겉이 깎이는 동안 안으로 삭혀진 희생이
내공으로 쌓여 그 위용은 더욱 빛나니
나는 이제 너를 광양명검 이라 부르리
고운 칼집 만들어 네 공을 기리며
대대손손 가보로 삼으리라

100년 갇혔던 아리랑

때로는 세월이 거슬러 올라가야
찾아지는 것이 있다
연해주에서 잊어버린 목소리를
베를린 민속학박물관에서 찾았다
100년 전 목소리를

아리랑 철철철 이 배 떠나간다
팔십 명 기생도 다 거두어간다
아리랑 아리랑 아라리요

축음기에서 흘러나오는
애잔하고도 두려움에 떨리는 가락

동쪽 끝 연해주에서 고려인 청년들은
영문도 모른 채
40일 기차에 흔들려가며
서쪽 끝 러시아 군사기지 테넨부르크로

13만이 죽고 7만이 포로가 된 끔찍한 전투

살았다는 안도도 잠시
승리한 독일군은 눈을 번뜩이며 갖은 생체실험

녹음아카데미 음성실험이라는 것도 있었다
목소리까지 착취당해야 했던 고려인 병사들

두려움 속에서도 그네들은 민족의 혼이 담긴
아리랑 수심가 임시정부 애국가를 선택했다

감히 어떤 말로 위로 할 수 있을까
사라진 100년 그 목소리를

동문서답 요양병원

지워진 잔상들이
울퉁불퉁 꿈틀댄다

우중충한 장마철에
잠시 찾아오는
찬란한 햇빛이다

반사적으로
빛으로 토해내야 함을 직감한다

이 침상
저 침상

각자 찬란했던 날들이
입으로 반짝반짝 걸어 나온다

멀리서 듣기엔
도란도란 영락없는 대화다

듣거나 말거나
알거나 모르거나

소통이 필요 없는
절실한 대화다

명아주

명아주 나물을 보면 명주 언니가 생각난다
시골 아이답지 않게 창백한 하얀 얼굴로
늘 힘없이 앉아 있던 언니
나보다 일곱 살 위인 언니는 나를 많이 챙겨주기도 했지만
하얀 그 얼굴을 동경해서 언니를 유난히 좋아했다
초등학교 입학 전에 콩쥐팥쥐, 나무꾼과 선녀, 알리바바 등
동화를 두루 섭렵한 것도 그 언니 덕분이었다

내가 초등학교 3학년 때 명주 언니는 시름시름 앓더니
그만 하늘나라로 떠났고 동생들 만섭이 오빠
준섭이 오빠도 일 년 안에 언니처럼 가버렸다

철이 든 후에 알았다
언니가 결핵을 앓았던 것이고
동생들도 전염되어 그리되었다는 것을
동네 어른들이 쉬쉬하며 언니네 출입을 꺼렸고
아이들을 예민하게 단속한 이유를

울분에 쌓인 아저씨는 술로 고주망태가 되어
아줌마를 때리기 일쑤였고
우리 집으로 피신 온 아줌마는
소리 없이 울며 죄인처럼 살았다

명아주 나물은 그때나 지금이나 여전히
끈질긴 생명력으로 들판을 지배하고 있다
사월의 명아주는 보드라워 나물로 먹기에 적당하나
보드라운 명주 언니 마음결만 추억할 뿐
차마 명아주 나물을 먹을 수는 없다

저 편 야트막한 언덕에
분홍으로 물들은 잔디꽃들이 배시시 웃고 있다
명주 언니처럼

어느 봄날의 흰 도깨비

봄날의 오후 수업은 지루하기만 했다
무심히 창밖을 보았다
아득히 보이는 이성산* 자락에
아른거리며 흰 연기 같은 것이
몽글몽글 피어오르는 게 아닌가
옆 짝꿍을 쿡쿡 찔렀다
뭐지?
흰 도깨비?

수업 마침 종이 울리자 도깨비를 잡으러 나섰다
반 동무들 하나둘 막대기를 들고 나섰다
아뿔싸 6학년 언니 오빠들도 따라 나서네

우리의 긴 행렬은 개울을 건너고 밭둑을 따라
막대기를 높이 쳐들고 의기양양하게 행군했다
빤히 보이면서도 왕복 2시간은 족히 걸리는 거리

우리가 돌아왔을 땐 모든 수업이 끝난 후
5, 6학년이 몽땅 없어진 학교는 난리가 났고
체벌은 가혹했다
책상 위에서 무릎 꿇고 팔 들기 1시간 이상
그래도 못 찾은 흰 도깨비가 고마운 봄날이었다
탐정이 되어 봄 내음을 실컷 만끽했기에

솜사탕처럼 피어오르던
긴 봄날의 아지랑이
아직도 생생히 아른거린다

* 이성산 : 경기도 하남시 춘궁동 소재. 특히 이성산성은 사적 제422호로 삼국시
  대 돌로 쌓은 산성으로 면적 231,313 제곱미터를 감싸는 길이 약 1.9킬로미터
  에 이른다

어떤 축제

가장 안전한 곳에 아이를 맡겼어요
불쑥불쑥 걸려 오는 전화로
놀라고 애태우는 일은 절대 없을 거예요
늘 해님이 그리워 해님과 영상통화를 했던 아이
이제는 해님과 온종일 같이 있어요
물론 나와 늘 함께이기도 해요

사진 틀 속 아이는
해맑은 얼굴로 손님을 맞이했어요
삼십칠 년 만에
처음으로 양복과 넥타이로 정장을 했지요
몰려드는 사랑의 물결은
그 무서운 코로나도 막지 못했어요
그토록 보고파 했던
사촌 형들 이모들 엄마 친구들 사랑부 선생님들
다 불러 모았어요
장내는 국화 향기와 아이의 이름으로 가득했어요
찬송가도 끊이질 않았지요
아이는 축제의 주인공
늘 주목받기를 원했던 아이였는데

다운증후군을 안고 태어난 아이
당뇨에 혈액투석까지 앓으면서도 늘 웃던 아이
남들은 그 아이를 해피맨이라 불렀어요
우리 집에선 선교사님이라 했지요

멋진 축제를 마치고
아이는 가장 안온한 곳으로 떠났어요

엄마 해님을 바꿔주세요
긴 메아리를 남긴 채

크리 ㅁ ㅃ ㅏ ㅇ

그리운 크림 15.18%라니

이보다 더 한 자극이 있을까
추억을 훔쳐내는

열 살 소녀가
머리카락 장수 아줌마에게
머리통을 맡겼다
100원어치만 잘라 가라고
삼립크림빵 5개 살 수 있는 돈

삭둑삭둑 가위질이 시작되었으나
장에서 돌아온 엄마에게 들켜
종아리가 시퍼렇게 맞았다

반 울음 자조 섞인 엄마의 탄성
쬐끄만 게 함부로 몸을 굴리다니

동무들에게 얻어먹을 수만은 없었다고
앙앙 울며 대들었다

그 사건 이후론
크림빵값은 당당하게 탈 수 있었지만
일찌감치 철이 든 그녀는 애써 참아왔다

머리가 허옇게 된 지금도
단돈 1,000원의 크림빵 유혹은 여전하다

정통 크림빵 추억의 그리움으로

밥, 밥

화로 위 작은 무쇠솥에서
보글보글 끓어 넘치는 고소한 소리
삼십 리 밖 중학교 다니는
오라버니 새벽밥이다
사랑으로 남긴 밥
이불 뒤집어쓴 채 먹는
아끼바리쌀 찰지고 향그러운 맛이란

어머니 사랑법은 늘 밥이다
더 먹거라
한 숟갈 더 먹이려 무던히 애쓰셨다

정월 대보름 찰진 오곡밥
채 친 무 넣은 찰박한 무밥
신김치 적당히 들어간 콩나물밥
오물오물 된장에 버무려진 시래기밥
달래 냉이 간장이 어우러진 봄나물 밥
보랏빛으로 물들여진 가지밥
연꽃으로 피어나는 연잎밥
열무김치 척 올린 찰보리밥에서
어머니의 사랑이 몽글몽글 피어났으나
어머닌 우리들의 짜증을 잡수실 때가 더 많았다

이제 그 어머니는 없다

어머니 손끝 정성으로 끈적이던
그 밥들을 눈물로 찾을 뿐이다

어머니의 선 그리기

어머니는 치매가 온 후
선 그리기에 집착하셨다
하얀 도화지에
한없이 그려지는 알 수 없는 이야기들

직선의– 곡선의– 사선의– 동그란–세모–
삐뚤빼뚤– 바른– 굵은– 점점 굵어지는–
얇은– 점점 얇아지는– 매끈한– 거친–
수직의– 수평의– 진한– 연한– 지그재그–
곱슬곱슬한– 오목 볼록– 나선형의– 흐린– 짙은–

그 누구도 알 길 없는 어머니의 마음
어머니 90 평생 삶의 파고가
손등에서 다양한 선으로 넘실대고 있었다

제3부

—

순례자

작은 피앗*이 큰 열매를 맺다

안젤라 메리치 성녀에 관하여

교육의 개념조차 아득한 중세 암흑기
미래지향적 안목을 가진
안젤라 메리치 성녀

어머니가 될 소녀들은
교육을 받아야 한다는 불타는 신념

덕망 있는 귀족의 딸이었으나
일찍이 고아가 되어
외삼촌 댁에 맡겨진 불우한 어린 시절
하느님께 의탁하는 굳건한 믿음 놓지 않았기에
천사가 된 언니를 꿈속에서 만나
가련한 소녀들을 도우라는 사명을 받았네

불행을 떨치고 일어나
고향 데센자노부로 돌아가
전쟁고아와 소녀들 교육에 온몸을 바쳤지

〈우르술라동정녀회〉를 창시하여
청빈 정결 순명의 지표를
백합 향기로 피우신 이여
안젤라 성녀의 정신이
오백 년 밑거름으로 자라나
오늘날 교회 여성지도자들의 피앗*이 되었네

* 피앗 : 종교적(카톨릭)언어로써 씨앗의 성화된 표현

다카사끼야마 원숭이

우~ 우~ 우
원숭이를 부르는 확성기 소리가 요란하다

해발 600미터 높은 산에 흩어져 있는
원숭이를 불러내는 일은 만만치 않았다
도토리 등 먹이가 풍부한 가을이라서 더 그랬다

기다리다 지친 우리들은
그냥 돌아갈까 하다가 너무 아쉬워
확성기 소리에 힘을 보태어 함께 불러보았다
우~ 우~ 우~
대한 해협 건너 너희들을 보러 왔다~
간절함을 담아서 애타게
목이 빠지게 산꼭대기를 쳐다보며

족히 이삼십 분은 불러대니
원숭이 한 마리 민첩하게 내려와 물을 먹는다
B군*의 대장 원숭이란다
연이어 원숭이 무리가 떼 지어 내려오니
환호와 박수갈채
아기원숭이 업고 다니는 놈
털을 헤쳐가며 이 잡기에 열중인 놈
대범하게도 짝짓기 사랑을 나누는 놈까지
카메라 셔터 소리 여기저기 요란하고
사람과 원숭이 뒤섞여 흥분의 도가니가 되었다
우리의 조상이어서 친근함을 느끼는 걸까
애타게 기다린 만큼 모두 흡족한 표정

우~ 우~ 우~
절절한 외침이 한동안 귓가에서 맴돌 것 같다

* 해발 628m의 일본 다카사끼산에는 1,300여마리의 야생원숭이가 A, B, C 의
  세 그룹으로 나뉘어 서식하고 있다

마두금 모린호르

광활한 태를초원*을 달리며
모두가 내 집이다
외치는 소리

대초원에선
끝없이 흩어진 양들과 말들이 관객

수많은 관객이 동시에 들어야 하기에
태어난 소리다

단 두 현으로 사나이의 끓어오르는 열정이
아득한 시간의 무게로
펼쳐지는 장엄한 변주곡이다

먼 우주의 변방에서 방황하다
화석으로 굳어진 그리움이다

그리움의 손끝에서 빚어진 소리이기에
흩어진 양과 말들을 모을 수 있는 것이다

살아있는 것들의 인자에는
그리움의 감성이 깊이 새겨져 있어
이보다 더한 자극은 없다

* 태를초원 : 몽골의 대초원

세화해변이 우체국에 가다

제주시 구좌읍 해맞이 해안로 1430
카페라라라*에서
세화해변을 보내왔어요
진한 커피향과 갯내음으로 물들인 엽서 두장

한 달 전에 보았던
쪽빛물결과 그리움이 묻어나는
바다내음이 그대로군요
갯바위를 헤쳐 가며 하루 종일
고물고물 어린 게를 잡더니만
도로 놓아주던 두 꼬마의
예쁜 마음도 함께 왔어요

안드레아 님!
이제는 한 발 뒤로 물러서서
여유롭게 세상을 바라보세요
당신과 모래사장에 나란히 앉아
바라보던 망망대해를 떠올리며

-당신의 안젤라 드림-

안젤라!

수평선 멀리 보이는 흰 점 고깃배

외로운 작업에서 당신을 보오

이제는 이곳의 풍성함으로

당신을 채워주겠소

세화해변을 팔짱끼고 걸으며 만끽했던

그 소중한 따사로움 잊지 맙시다

-당신의 안드레아가-

* 제주시 구좌읍 소재 〈카페라라라〉에는 2개월 후 도착하는 느린 우체통이 있다
  그림엽서와 색연필까지 비치해 놓고 다양한 사연을 쓰게 한다

와타지마 소나무

호기심 많은 솔방울 하나
대한 해협 건너
대마도 섬
와타지마신사 옆에 자리를 잡았네

하얗게 부서지는 파도 소리
하늘을 수놓는 갈매기 떼
참배객이 끊임없이 풀어내는
간절한 기도 소리
심심치 않았으나
시간이 흐를수록
고향 산천이 사무치게 그리워져만 갔네

올 때는 가벼이 왔으나
갈 길은 무겁기만 했지

벌겋게 타오르는 홍송의 각피
한반도를 향해 뿌리를 뻗어 나가기 시작했어

바람이 함께 빚어준
천년 뿌리의 용트림은
영원의 염원이 담긴
용의 형상으로 굳어갔지만

그건 위용이 아니라 슬픔으로 느껴져
난
와타지마 소나무 아래서
가부좌 틀고 앉아
한참을 같이 울었다

왕곡 마을에는 꽤*가 있다네

양근 함씨 함부열의 꼿꼿한 기개가
마을 중앙 개울을 따라 끊임없이 흐른다
강릉 최씨 슬며시 끼어들고
용궁 김씨 어깨를 나란히 터 잡아
600년 세월을 수많은 전란과 숱한 화마로부터
왕곡을 굳건히 지켜냈다

세찬 바람에 끊임없이 시달렸지만
지붕을 낮출 뿐 담을 쌓지 않았다
거친 바람 잠시 쉬게 해 잠재우고
햇볕은 마음껏 머물게 꾀를 부렸지

가축을 부엌 옆에 두어 한 식구로 품었던 것도 꾀
추위와 맹수로부터 보호하기 위함이었네

진흙과 기와를 켜켜이 쌓고
항아리를 엎어 만든 굴뚝
굴뚝에서 나온 불길이 초가지붕에 닿지 않게
열기를 집 내부로 다시 들여보내기 위한 꾀
투박하지만 각자의 솜씨로 멋을 부려 똑같은 굴뚝은 없다

개울을 따라 심겨진 꽤나무*는
한여름 지나가는 손님들에게 시원한 그늘막을
시큼달큼한 열매는 고향의 옛 맛을 한껏 돋우어 주네
막걸리 한 잔과 유과의 달콤함까지 곁들여

꾀와 꽤*가
숱한 이의 발걸음을 왕곡으로 왕곡으로 몰고 온다

* 꽤 : 동해안 북쪽에서 쓰여진 자두의 방언

즐겁게 춤을 추다가 그대로 멈춰라

화진포에서

화진포 바다의 출렁거림이 유난히 파랬던 날
예순, 이른, 여든의 자매들
하얗게 몰려오는 파도에 맞서
막내 여동생 구령에 따라 신나게 춤을 춘다
즐겁게 춤을 추다가 그대로 멈춰라
각기 다르게 연출되는 자세로 여덟 살의 꿈도 함께 멈춘다
LA에서 몇 년 만에 온 남동생은 찰칵찰칵 찰나를 담고
동심으로 돌아간 누이들
신발 젖는 것도 모르고 까르르 까르르
가끔은 파도가 세차게 몰려와 옷을 흠뻑 적셔도
햇살 아래서 우리는 한없이 머물고 싶었다
울창한 소나무 숲은 잎새마다 흥을 돋워주고
별장에 갇혀 있는 이승만 이기붕 김일성은
숱한 방문객의 발걸음에는 아랑곳하지 않고
오직 부러운 눈으로 외출을 꿈꾸고 있었다

반구정 伴鷗亭

육십여 년 관직 생활 태평성대 이루고
말년엔 갈매기 벗하며 지낸 세월
누렁소 검은소 이야기
어진 정승의 청렴결백 유덕을 기리며
임진강은 유유히 흐르지만
가로막힌 철조망이
낙조의 아름다움을 슬프게 하네

철조망 자유로이 넘나드는 갈매기에게
엽서 한 장 띄우나니
두문불출하지 마옵시고 다시 나오소서
두문동에서 나와 새 시대를 잘 이끌었 듯
또 한 번 이 땅에 평화통일의 한 획을
단단히 그어주소서

휴휴암

억겁의 상념이 너무 버거워
휴~하고 누워 버렸다

바다가
산이
해와 달이
무수히 쏟아지는 별빛이
비로소 온전히 보였다

일 년에 한 번
산란을 위해 몰려오는
황어 떼의 회오리는 장관이어라

해당화가 붉은 눈물 뚝뚝 떨구며
나를 그리워하고
자비의 관세음보살이 망망대해를
하염없이 바라보며 나의 귀의를
황금범종까지 뎅~ 뎅~
나를 깨우려 애쓰지만

내 이리 누워 있어야
중생이
팔진번뇌 벗고

쉬고 또 쉬어갈 수 있는 것을

* 휴휴암 : 강원도 양양군 현남면에 소재. 바닷가 바위중 마치 부처님이 누워있는
  형상의 바위가 있어 유명해짐

바람의 언덕 제주 수월봉

중생대 백악기 아득한 세월
바다 한가운데서 펄펄 끓는 용암이 세 번이나 솟구쳤어요

그 뜨거운 열기가
지금도 지는 해와 손을 맞잡고 난동을 부려요
시뻘건 물감을 태평양 바다 위에 확 뿌려 놓고는
거센 바람에 힘입어
바닷물 하얀 포말과 섞여 요동을 치며
무지개로 퍼지는 모습은 숨이 막힐 지경이에요

기왓장처럼 켜켜이 쌓인 융회암 절벽에
처얼썩 파도가 부딪쳐 오면
바람의 언덕은 더 신이 나서
천지를 뒤흔들 것 같은 바람을 쏟아내며
바위에 미세한 구멍을 뚫어대요

수월봉은
그렇게 수월한 봉우리가 아니에요
요동치는 세찬 바람에 맞서
단단히 옷깃을 여미고
겸허히 몸을 낮추고 기다려야
세상에서 제일 아름다운 일몰을 볼 수 있어요

일몰을 머리에 베고 잠들었더니
나는 이미 백 년을 살아 버린 거예요

아, 세상사도
겸허히 몸을 낮추고 기다릴 줄 알아야
수월하게 일이 풀리고
아름다움을 맛볼 수 있군요

소래 습지

드넓게 펼쳐진
뿌연 운무 속 소래 습지
불그스레 함초가 수놓아진 갯벌은
한가로워 보이지만
찬찬히 살펴보라

얼마나 치열한 삶이 숨어 있는가를

꼬불꼬불 갯골 따라
황조롱이, 쇠오리, 검은 물떼새
일렬횡대로 날카롭게 먹이 조준 중
망둥어는 꼭꼭 숨느라 바쁘고
붉은 밭농게들은 다리 포크레인 쳐들고
장마철 집 보수하느라 법석이다

새색시 볼그레한 뺨
홍자색 해당화만이
빨간 열매를 다닥다닥 달고
울타리 군락을 만들어
가만히 지켜보고 있다

잊은터의 장미

죽산성지 오월은
병인박해를 치열하게 앓고 난 붉은 빛이다
혀를 깨물며 견딘
모진 매와 고문이
붉디붉은 빛으로 승화되었다

얼마나 두들겨 맞았으면
두들기 언덕과 두들기 바위가 생겨났을까
기꺼이 죽을 테니 잊으라
잊은터가 되었다

어질어질 가물가물하면서도
강렬히 내리쬐는 그 빛을
끝까지 놓지 않았다
교수목 늘어진 동아줄에
기꺼이 목을 걸었다
그분의 영광을 위해

바람은 침묵으로 바라보고
소나무들은 절규로 고개를 숙였다
점점이 뿌려진 순교의 아우성은
로사리오 피앗이었어라

버려진 땅 잊은터에서 긴 세월
송골송골 어머니 향내로 피어나

일만 오천여 땅이 수십만 송이 장미 향기로 가득하다

이상한 흔들의자

모자란 듯 부족한 2월 오후
용설호수 둘레길을 걷습니다
벌겋게 물이 오른 버드나무 실가지에서
새싹이 움트고 있음을 눈으로 느낍니다
물오리들 첨벙대는 자맥질이 봄의 소리를 냅니다
냉이를 캐는 부지런한 아낙네들도 보입니다

전망대 한 켠 의자에서는
노부부의 운동이 한창입니다
등을 맞대고 앉아
앞으로 뒤로 흔들흔들
앞뒤가 똑같은 커다란 흔들의자입니다
아내는 지팡이에 깊게 의지해서
고꾸라지는 것을 애써 막습니다
백발의 남편은 하나둘 하나둘
나긋나긋이 구령을 조아리며 아내를 격려합니다
호수의 물결만큼이나 잔잔한 흔들거림입니다

모자란 듯 부족한 2월의 햇살에 넌지시 묻습니다
석양의 햇살도 희망을 품고 있느냐구요

빛나고 눈부시지 않은 대답이 돌아옵니다
나는 왜 그 흔들의자가 자꾸만
아름답고도 슬프게 느껴질까요

강 울 음

한겨울
끄르릉 끙 끄르르 끙
애끓는 소리

두꺼운 얼음 속에
하늘 구름 산을
품지 못하는 설움

해와 달과 새들의 거울이
단절된 아픔의 흔적

가슴 저미는 속 울음에
갈대들은 강바람에 맞서
휘이적 휘이적

시퍼런 하늘은
산 위에 걸려 침묵한다

그렇게 쉽사리 떠나지 못한
겨울이 찢어지는 울음에
강은 산고의 고통으로 흐느낀다

끼리끼리

색에도 소리가 있다
찔레꽃은 흰 나비 떼를 부르고
달맞이꽃은 노오란 나비를 부른다
구절초에는 보랏빛 나비들이 가득하다
서양 꽃 메리골드는 이제껏 보지 못한
까만 점박이 오렌지빛 나비를 잉태시켰다

나비들은 오랫동안 들꽃의 영혼을 져 날랐다
저마다의 신기루에 꼭꼭 박아두었다가
정확한 시기에 풀어놓는 순환

들판은 그렇게 끼리끼리
제 빛깔을 부르느라 늘 웅성거린다

별난 동안거

동지섣달 긴긴밤

비. 풍. 초
그건 신나는 약이다

청단 홍단 초단이
손끝에 잡히면
군침 꿀떡이며
은밀해진다

일.삼.팔.비.똥광이라도
제쳐지면 어깨가 으쓱

까막사리 날아드는 새
창공에 떠도는 새
매화 가지에 앉아
처연히 임을 기다리는 새가
동시에 품에 들면

고도리
더 바랄 것이 없다

띠에 십 원 걸고

할매들
허리 어깨 무릎 팔
아픈 줄도 모르고
마을회관에 둥지를 틀었다

틈

빡빡한 일상은 숨이 막혀
단단한 벽으로 쌓여만 가네

어머니의 어머니
어머니들이 땀으로 지켜온 맛
큰 포부로 무작정 뛰어들었지

강렬한 빛의 활촉으로
조그마한 틈이라도 생겼으면

피로의 독소들 서서히 빠져나가고
날숨과 들숨은 자유로워져
미처 보지 못한 숲이 보일 거야

내가 걸어왔던 숲
걸어 가야 할 숲

깊숙한 골 내리비추는
달빛까지 와 준다면
임의 가슴 속 눈부신
달빛사랑채도 보일 듯

쇠뜨기와 고라니와 나

만약에
자연을 거느릴 능력이
잠시 주어진다면
고라니가 제일 좋아하는 먹이를
쇠뜨기로 하겠네

먹잇감 풍부한 고라니
고추 무 배추에 관심 없어
그물망 울타리 다 사라질 테니
자연은 다시 자연스러워질 거야

쇠뜨기 없는 세상
패랭이 유홍초 제비꽃 좀가지풀 신이 나고
메꽃은 분홍 미소 마음껏 흘리겠지

나는
쇠뜨기 뽑을 일 없으니
시 한 줄 더 쓰겠네

사랑스러운 고라니
내 마당에서 맘껏 뛰어놀게 하리

치마폭에 담긴 행복

그녀는
난생처음
감자 이삭줍기에 신이 났다

몇 알 안 되는 감자를 줍고도
얼굴이 벌겋도록 흥분되어
포댓자루 질질 끌며
고랑 고랑을 헤맨다

주먹만 한 감자가 눈에 들어오면
눈도 덩달아 주먹만 해지며
야호 심봤다

감자를 경운기에 싣고 가던
주인아저씨
서울내기 낯선 행동에
껄껄 소리내어 웃고는
그녀 집 앞을 지나가며
감자를 우정 흘린다

영문도 모르는 그녀
치마폭에 부지런히 주워 담으며
꿈결인 듯 행복에 젖는다

아버지의 소나무

안성댁이 꿈이었다

용설 호숫가에 작은 둥지를 틀었을 때
아버지께선
손수 씨 뿌려 모종 낸 소나무 몇 그루
마당 한 편에 심어주셨다
우리나라 토종 陸松임을 강조하시며

딸의 꿈과 아버지 정성으로
잉태된 소나무는
스물다섯 살 되어 늠름히 서있다
제법 불그레한 철갑도 두르고
푸른 기상의 수염도 빛난다

자연과 함께 살면서도
자연에 대한 경이 동경 그리움에
늘 아파하던 만년 소년의 아버지
호랑이만 못 키워봤다며
수십 마리 호랑이를
화선지에다 키우시기도 했지

가뭄으로 지친 그들에게
모처럼 물을 흠씬 주며
아버지를 아리게 회상한다

아버지 특유의 수줍은 미소를 본다
망초꽃 하얗게 웃어주고
엉겅퀴도 신비로운 손뼉을 쳐주었다

냉이를 캐며

문득 현기증을 느낀다

꽁꽁 언 땅에 뿌리를 박아 속살을 통통히 키워 내는 일은
더듬이 한 잎 보호색 입혀 땅 위에 올려놓고
칼바람 맞으며 햇빛 한 줌 훔쳐
밑으로 밑으로 내려주는 힘겨운 작업이었다

훈풍이 봄이라는 계절을 끌고 와
온 들판에 호미 한 자루 들려 누이들을 풀어놓았지
호미 끝에 걸려 나오는 누이들의 꿈은 다양했어

소박한 같은 꿈은
두레밥상에 온 가족이 둘러 앉아
향긋한 사랑을 꼭꼭 씹어 나누는 일

다 어디로 갔을까, 그 고운 누이들

제5부
—
사물

강남의 매미는

나무의 멱살을 단단히 움켜잡고
악을 쓰며 울어댄다

시멘트가 뿜어내는 열기
질주하는 자동차의 매연
강남역 인산인해의 어지러움
못살겠다고 울부짖는다

십 칠 년 어둠속 긴 고뇌 끝에
칠 일간만 허락된 지상의 구애

초록빛 노래로 짝 찾기는 애당초 틀렸다

화려하게 치장된 강남 빌딩 숲의 유혹
포부가 너무 컸다

누구에게나 주어지는 기회의 숲은 아닐진대
임차 당한 욕망이 너무 짙었다
몸이 패이는 줄도 모른 채

하늘의 뭉게구름과
바람의 침묵과
솔방울이 다닥다닥 붙은
소나무 언덕이
서쪽으로 기울 때가 아른거린다

꽃고추·매운고추

너처럼 초록 점 콕콕
찍어가며 빨강이기도 했다

바짝 약이 올라 상기된 얼굴은
분별된 아름다움의 극치였지

파란 하늘을 이고
멍석 위에 누워
네 빛깔의 잠자리 떼와
깔깔대며 같이 맴돌기도 했다

한 때는 너보다 더 매운 시어머니였다

이제 너는
쭈글쭈글한 몸이 되어
방앗간 한구석에서 바수어질
차례를 기다리고

나는
뭉근한 체온 새우등으로
침대 한 칸 차지하고
어둠의 안식처를 향해 명멸해가지만

김장독에서 발그레한 꽃물로
다시 태어날 그대 꿈에 살짝 업혀
생의 순간들 다독이며 잘 숙성되고 싶다

쇼핑백 꾸러미와 노인

퇴근길 지하철 5호선 노약자석
열댓 개의 쇼핑백 꾸러미가 명태처럼 줄줄이 엮여
바닥에 나뒹굴고 노인은 휴대폰에 열중이다
아마도 쇼핑백의 목적지를 점검하는 것이리라
잠시 후 노인은 안경알을 닦더니 눈을 지그시 감는다

달콤한 휴식이기를 바라며 내 머릿속은 복잡해진다
지나간 시간의 잔등을 만지작거리고 있을지도 몰라
갑에서 을로 바뀐 자신의 처지를 돌이켜 볼지도
갑일 때 행했던 지우고 싶은 잔상들을
하나하나 참회의 쇼핑백에 넣어 치우고 있을지도

배송될 물건들 열린 틈으로 살며시 기어 나와
휴대폰에 넋이 나간 승객들 탐색에 여념이 없다
우리는 늘 서로가 궁금해
때로는 지나친 사랑이 생채기를 남기기도 하지

여의나루역 안내방송에 화들짝 놀란 노인은
꾸러미를 양어깨에 턱 걸쳐 메는가 싶더니
낡은 운동화가 보트처럼 매끄럽게 빠져 나간다

힘내세요!
메시지 한 장 얼른 달아매었다

신사임당 우시다

난 온화하고 단아한 얼굴로
황금빛 돈다발 위에서
방방곡곡 은행 자동화기기 머리맡
o 또는 x 로 표기된 채
속절없이 울고 있소

다섯 세기를 휘돌아
물질의 최고봉으로
검은 이들의 밀어의 수단이 되어
사과 상자에 실려 떠돌거나
답답한 금고 안에 갇힐 줄이야

이제는
현모양처의 위상도
여류서화가의 극찬도 싫소

그저
대나무 서걱이는 오죽헌에서
벌 무당벌레 민들레 패랭이꽃
수박 참외 포도 수세미 석류
화폭에 담으며 살고 싶다오

달항아리

무심한 듯 둥그런
텅 비어 풍요로운
무색이어야 제 맛인
온 우주를 다 품은
바라볼수록 빨려 들어가는

멍하니 너를 바라보고 있으면
울창한 소나무 숲이 오고
하얀 학이 날아와 소나무에 걸터 쉬고
달이 차분하게 비춰주는 무릉도원

초승달은 여백의 미
상현달은 희망을
보름달이 차오르면
덩달아 부풀어 오르는 환희

쉼, 그 언저리

왼손이 오른손을 품다

동심으로 돌아가 손가락접기 놀이를 하며
무료함을 달랬어요
손가락 마디마디 일그러지고
툭툭 불거진 오른손을 보았네요
왼손은 그런대로 멀쩡한데 말이죠

형님 손은 유난히 예뻐요
아득한 동서의 귓속말이 들려오네요
긴 세월 너무 혹사를 시켰나 봐요
측은한 마음에
미안한 왼손이 오른손을 살포시 감싸고
한참을 가만히 있어 봅니다
따뜻함이 전달되며 꽤 편안해지네요

결국 자신을 위로할 수 있는 최선의 방법은
자신에게 기대는 것이군요

한여름과 주황

주황은 어디서 오는가
빨강보다도 더 강렬하게 느껴지는 색
어머니의 장독대 주위에는 금송화가 가득했지

참외 빛깔로는 꽃순을 만들고
수박씨로 화룡점정 나리꽃
한여름 더위를 부채질하는 범부채
어디든 감아 올라가 헤픈 웃음 흘리는 능소화
봄나물로 제 몸 다 내어주고도
긴 꽃대 세워 또 한 번의 용트림 원추리꽃
미처 향기 담지 못한 덩실이 호박꽃

독이 바짝 오른 뱀을 쫓기 위해서는
금송화가 필요해

한여름 차가운 태양이 편애한 색 주황
지금도 우리 집 장독대로 몰려오네

재건사 커피

낡은 이야기가 빼곡했던 자리를
각양각색의 커피잔들이 차지하고
구석을 지키고 있는 빛바랜 가죽 소파는
추억을 임대하고 있었어요

변한 건 하나도 없는데
많이 변해 있네요
음습한 무거운 공기가 커피향으로 채워지고
재건을 부추기던 씩씩한 템포는
슈베르트 피아노 5중주로 부드럽게 바뀌었어요
고독과 우수에 젖어있던 의자는
젊은 연인들의 속삭임이나
노트북의 활자들로 가득하네요

난 깡패들을 만나러 왔는데
앳된 바리스타의 해맑은 미소가 있을 뿐이에요
두리번거리다가
바깥벽 모퉁이에 40년 기억을 매달고 있는
재건문구사 낡은 간판을 발견했어요

때로는 낡은 것들이 기억을 담보로 빛을 발하고
감성을 자극하는 마술이 되기도 하네요

당신 근처의 메아리

-당근 엄마-

당근 당근!
알람이 떴다
오늘은 어떤 물건이 떴을까
설렘과 긴장으로 가슴이 쿵쾅쿵쾅
아, 우리 아가한테 꼭 필요한 실내용 미끄럼틀이다
채팅 창 다섯 개를 뚫고 간절하게 요청
진심이 통했는지 거래약속 성사되었다
이제 심부름은 남편 몫

당근 당근!
알람이 떴다
오늘은 어떤 물건이 팔려나갈까?
내 아가가 쓰던 용품들
이제는 필요치 않은
목욕대야 보행기 고무의자 옷 신발 모자
용돈 벌 생각에 살짝 설렌다
남편이 어떤 물건이 팔렸는지
가자미 눈짓을 하고 물어본다
국물 좀 없나 하는 표정이다
옛다! 반 몫을 용돈으로 줘야겠다

-당근 아빠-

당근 당근!
아내폰에서 알람이 울린다
긴장된 표정으로 필요한 물건을 낚는 아내가
측은하기도 하고 근검생활이 존경스럽다
픽업 장소가 가깝기를 염원해본다
퇴근 후 아내가 남겨놓은 주소지로 향한다
코로나 이후 비대면 거래가 많아져
문고리에 걸려있는 물건 확인 후
임무완수! 보고문자를 보낸다

무료 나눔으로 수거 할 때는
고마움을 식빵으로 걸어놓는다

당근당근!
아내폰에서 알람이 울린다
아내입가에 미소가 번진다
아. 이번에는 팔았나 보다
기회다 기회!
빨래를 개키다 말고 애걸하는 눈빛으로 물어본다
아내가 당근 용돈을 준단다
이 맛에 심부름 할 맛이 난다

당근 당근!
고요한 밤에 울려 퍼지는 이 알람 소리는
잠시 지쳐있는 우리에게 소소한 활력이 된다
새근새근 자는 아가를 보노라면
지구 끝까지라도 달려갈 수 있을 것 같다

당근 당근!
당근 당근!
작은 둥지에서 울려 퍼지는
당신 근처의 아름다운 메아리를 아는가

덕후역 대합실

달나라와 화성에 갈 사람들로 북적인다
로켓 모형을 진지하게 들여다 보며
메모도하고 사진도 찍는다
언제 떠나게 될지 막연하지만
그런 것은 개의치 않는 표정들이다
덕후역 대합실에 있다는 자체가 흥분이다

앙투안.드.생텍쥐페리의 어린왕자가
소환되어 왔을 때
상자 안에 있는 양을 보려는 사람
보아뱀을 이해하려는 사람
성당만큼이나 큰 바오밥나무를 보려는 사람
사하라사막에서 특급열차를 타려는 사람
4차원의 사람들로 가득 찼다

빈센트.반.고호의 작품들이 초청되면
별이 빛나는 밤 앞에서 종일 서성일 생각이다
생 레미에 요양원에서 바라본
어떤 별자리의 별이 그토록 빛났는지
수도자의 생애처럼 살지 않은 것에
그는 왜 그토록 회한을 가졌는지를
평생 멘토였던 태후의 넓은 마음으로

지도상에는 없는 덕후역
그러나 대합실에는
열정과 흥미의 뇌관이 가득해
언제 폭발할 지 모르는 생경감으로 넘쳐난다

강아지풀

뽑히지만 않으면
한몫할 수 있어요

어디에서든
바람을 친구삼아
한들한들 귀엽게 일렁이죠

보도블럭 한쪽
세멘트 바닥 후미진 곳에서도
목 간지럽히던 계집애들의 깔깔거림
콧수염을 흉내 내던 사내애들의 재채기
북슬북슬 똥강아지의 천방지축을
키워내고 있어요

아파트 단지 꼭대기 층까지
홀씨를 쏘아대는 내공은
추락하는 것이 아니라서
아릿한 전율이죠

강적들을 조심해야겠어요

제6부
—
인연

질경이

입덧이 심해 비실비실 말라만 갔다
사월의 나른한 일요일 오후 토하고 또 토하고
축 늘어져 있는 나를 보다 못한 신랑이 울먹이며 말했다
먹고 싶은 것을 떠올려 봐 하나쯤은 있을 거야
아, 질경이 나물
엄마의 얼굴과 함께 떠올랐다
도시에서만 자란 그이는
듣지도 보지도 못했다며 난감해했다
할 수 없이 차로 동행해 서울 근교 시골 마을로 향했다
다행히 질경이가 무리 지어 있는 오솔길을 찾았다
이렇게 더럽게 짓밟히고 질긴 것을 어떻게 먹는담
투덜대면서도 그이는 한 소쿠리 가득 뜯었다
신이 난 나는 질경이를 삶아
갖은양념을 넣어 조물조물 묻혀서
들기름에 슬쩍 볶으니
엄마의 손맛이 그대로 느껴져 입맛이 살아났다
몇 끼를 먹으니 입덧은 거짓말 같이 사라졌고
튼실한 사내아이를 순산했다
그 후로 나는 사월이면 질경이 나물을 보약처럼 먹고 있다
아들도 유난히 좋아해 꼭 챙겨 먹인다

무참히 짓밟혀도 꿋꿋이 살아나는
생명력 강한 질경이
보잘것없는 꽃대를 세워
종족 보존에도 충실하지
왠지 서민적으로 느껴져 더 살갑다

애련하게 나를 보듬던 풋풋했던 신랑이
이제는 머리허연 노인이지만
질경이의 질깃질깃한 끈으로 잘 이어지고 있다
우리의 사랑은

리호 손에 들어간 隕石

불덩이 하나
섬광을 일으키며 대기권을 뚫고
사하라사막에 내리 꽂혔다

숱한 우주 이야기를 품은
검붉은 주먹만 한 돌이 되었다

용암이 흐르다 멈춘 흔적
소행성 골짜기 골짜기
형이상학적 그림을 간직한 채

초등생 리호는
우리 집에 오기만 하면
만져보고 또 만져보며
귀가 쫑긋해서
우주의 별별 얘기를 듣고 갔다

할아버지 큰 결단을 내렸다
옜다. 잘 보관하렴

80억 인구 중 몇 안 되는 행운아는
운석과 끊임없이 대화하며
훌륭한 우주과학자가 되겠단다

흐뭇한 할아버지와 흥분된 손주는
나란히 손을 잡고 소행성 베누*로 향했다

* 베누 : NASA 탐사선 '오시리스-렉스'가 2020년 10월 약250g의 흙과 자갈을
  수집해왔던 소행성 이름

지구별에 오르다

외손녀 탄생기

하늘이 열리고
작은 행성 하나 지구별을 향한다

옆으로 위로 아래로 공중 부양
수 없는 연습에도 길을 찾기 어렵다
희미한 빛을 따라 조심조심 나아간다

얼마쯤 나아가다 좁은 터널에 끼어버렸다
비상등이 깜박이고
평소 익혀두었던 메뉴얼을 작동해 보지만
오작동으로 더 엉켜버렸다

비상착륙 준비
지구별 기지국에서도 다급한 외침이 들려온다

산소는 점점 부족해지고
애를 쓸수록 머리가 부어올라 끼임이 더 심해져
가물가물 정신이 혼미해진다

아, 어쩌지~
외롭고 두렵고 무섭다

기지국에 강력한 전파들이 모이는 듯 하더니
어떤 부드럽고 따뜻한 손길이
내 작은 행성을 조심스럽게 돌려 주는 게 아닌가
그 순간 미끄러지듯 순조롭게 길이 열린다

응~애
지구별에 무사안착이다

환호소리가 여기저기서 들려오고
내 행성은 '김리아'로 명명되었다

작은 별이 수선화 되어

동생 정수의 회갑연에 부쳐

60년 전
정유년 팔 월 팔 일

태양의 환한 기운으로
작은 샛별 하나 반짝반짝
지지미 벽계산방*에 스며들었네

셋째 딸답게 빼어난 미모 영특함은
늘 엄마 아버지의 자랑이며
자매들의 부러움이었지

늘 순수 열정으로 살아온 그대

홀시어머니 정성으로 모셨고
지아비의 든든한 내조자
두 아들
나라의 큰 일꾼 삼성맨으로
세상의 빛과 소금 되는 목사님으로
홀륭히 키워냈으니 신사임당 못지 않네

이제는 수선화처럼
밝고 화사하게
향기로운 여인으로 거듭나소서

여기 모인 우리 자매 형제
큰 박수갈채로 그대의 완덕을 칭찬하네

-정유년 팔 월 팔 일
장미꽃 한 다발 엮어
둘째 언니가-

* 벽계산방碧溪山房 : 경기도 하남시 초이동 소재 姜吉求옹의 한옥 고택

아름다운 별

큰언니 강정숙여사 칠순에 부처

동지섣달 차가운 밤에 영롱이 빛나는 별 하나

유난히 큰 눈망울로
살림 밑천 맏딸의 소임을
네 동생들의 든든한 버팀목 되어
벽계산방碧溪山房을 반짝반짝 빛나게 했지

두 아이를 품은 큰 별이 되어서는
여장부 되어
절망과 역경 속에서도
한 가닥 빛을 향해
오직 한 길만 꼿꼿하게 걸어왔네

자갈밭을 꽃밭으로 가꾸기까지
숱한 역경을 이겨낸
당신의 집념과 혼신의 희생

여기 모인 우리는 모두
큰 박수갈채를 아낌없이 보냅니다

이제는 편안하소서
당신이 잘 가꿔놓은 꽃밭에서
꽃길만 걸으소서

아름다운 별이여

늘 푸른 꿈을 향하여

동생 강정우 회갑연에 부쳐

신록의 싱그러움과
형형색색 꽃들의 향연이 가득한 오월
이 아름다운 계절에 태어난 그대
늘 초롱초롱한 푸른 꿈으로 가득했지

숱한 역경과 고난도
그대의 푸른 꿈 앞에선
잠시 지나쳐 가는 터널 같은 것
외유내강의 힘으로 꿋꿋이 버티어 왔네

측은지심을 품은 온유한 마음
따사로운 햇살을 보듬을 줄 아는 지혜
뭇사람들의 사랑 받는 꽃으로 승화되어 피어났지
외로우나 외롭지 않은 해맑은 꽃으로

우리 그 해맑은 꽃에게
아름답게 잘 살아왔음에
큰 박수갈채 아낌없이 보내네

이제부터 인생 2막
새로운 푸른 꿈을
멋지게 꾸어보시게나
오월의 여왕답게

-己亥年 오월 초이렛날
둘째 언니가-

백년을 만나 천년을 꿈꾸다

상일(구천)초등학교 개교100주년 기념 작사

검단산의 높은 기상
남한산성 이성산성
아늑한 품에서
굽이쳐 흐르는 한강 바라보며
원대한 꿈 키워온
온조대왕의 후예들

게내*에서 물장구치며
산으로 들로
아지랑이 찾아 헤매던 시절
푸르른 기상 가눌 길 없어
무지개 꿈을 따라
각자 어디론가 훨훨 흩어졌다가
백년의 꿈다발 짊어 매고
본향 구천龜川에 다시 모였네

검단산의 맑은 정기 여전하고
후배들 초롱초롱한 눈망울로
우리를 맞이하니
계백장군의 푸른 기상으로
천 년을 향해 손에 손잡고
새롭게 달려 나아가세

선배들이 일궈놓은 업적에
후배들의 꿈과 열정
희망의 빛이 되어
내 고장 내 나라에 번져나가리

구천龜川의 이름으로
상일上一의 이름으로

* 게내 : 지금의 고덕천

자핫골* 63별들의 꿈

진명여고 63회 졸업생들의 회갑연 축시

40년 전 무수한 별들 중
유난히 반짝이는 영롱한 별들을 불러모아
인왕산 자락 자핫골이 우리를 품었다

진실 협동 창조
순결 정직 근면의 자양분으로
올곧게 자란 우리들

이상은 높고 푸르게
발은 땅에 굳건히
덕으로 몸을 닦아
맑은 지혜 지녀라
참 되거라

삼일당 보수연 큰 잔치
사랑의 소 담뿍 담긴 알알의 경단들
우리들 가슴에
커다란 자긍심 심어주었지

선명한 백선 두 줄로
꿋꿋하게 노를저어
우리는 밝은 빛을 향해서
앞으로 앞으로 나아갔다

마침내
오대양 육대주에
각기 다른 별이 되어
세상의 빛 되고자 온전히 반짝였다

기라성 같은 선배들 뒤를 이어
진명의 딸답게

이제 이순의 우정으로
다시 뭉친 우리들
인생 2막을 새롭게 노래하리
고개를 높이 들어
희망과 열정으로 반짝이는
청춘의 찬란한 별이 되리라

우리 서로 어깨동무하며

* 자핫골 : 서울특별시 인왕산자락 효자동의 옛 지명

수틀에 수를 채우다

진명여고 졸업 50주년을 맞이하여

수틀에 수를 놓아 왔다
50년 세월을 한 땀 한 땀 정성 들여

마음 먹은 대로
곱고 예쁘게만 놓아지지는 않았다
때로는 바늘귀를 찾지 못해 헤매기 일쑤였고
때로는 바늘에 찔려 몹시 아프기도 했다

우리는
밑그림 탄탄한 자핫골 수틀을 가졌기에
다양한 일상을 성실하게 완성할 수 있었지

진실 협조 창의
순결 정직 근면
이상은 높고 푸르게
발은 땅에 굳건히
늘 귓전에 맴도는 어머니의 언어

선명한 백선 두 줄
튼튼한 바늘이 되어
아름다운 수를 놓을 수 있게 했네

이제 우리 각자 다른
완성된 열매를 가지고
이 자리에 모였네

무지갯빛으로 수놓아진 수틀들이 재잘재잘
세상에서 가장 멋들어진 노래를 부르네

큰 사랑을 머금고

강정이여사 팔순연을 맞아

강산이 여덟 번 바뀌기 전 유월 스무나흘
지지미 벽계산방碧溪山方에
귀하디귀한 예쁜 별 하나 내려왔어요
금지옥엽金枝玉葉
할아버지 할머니 작은아버지 작은어머니 고모들
모두의 사랑을 듬뿍 받으며 자랐어요
어쩌면 아버지의 빈자리가 애처로워
더 사랑을 쏟아부었는지도 모릅니다
아버지는 지극히 자애로운 분이셨으나
문학인으로 독립투사로 인권운동가로 동분서주東奔西走
온전히 딸만을 품을 수는 없었을 거예요
아버지의 빈자리는 작은아버지의 지극정성
큰사랑으로 채워졌어요
우리 정이, 우리 정이를 입에 달고 사신 작은 아버지
초등학교는 물론이고 중학교 하굣길에도
발 시릴세라 콩주머니 채워서 업고 오신 큰 사랑

그렇게 큰 사랑을 듬뿍 받고 자랐기에
언니는 늘 따뜻하고 온유하며 배려심 많은 성품을
지니셨나 봅니다

한 가정을 이뤄서는 아내로서 두 아이의 엄마로서
손색없이 최선을 다해 꿋꿋하게 살아온 언니
위가 안 좋으신 형부를 위해 신혼 초부터 지금까지
좋은 식재료 구하러 성남시장 경동시장 등을 오가며
손수 선식을 정성껏 만들어 형부의 건강을 지켜냈지요
아이들에게는 자애로움으로 큰소리 한번 안 내며
큰아드님은 공학박사로
작은 아드님은 아이티 산업의 선구자로
사회에 기여하는 훌륭한 사람으로 잘 키우셨습니다

늘 여유만만 따뜻한 품성
그러면서도 불의의 굴복하지 않는 강직함
전형적인 외유내강의 여인이십니다
당신은

이제, 팔순연을 맞는 오늘
우리는 모두
온유와 인내로 꿋꿋하게 잘 살아온 당신께
큰 박수갈채를 드립니다

이제껏 그래왔듯
학처럼 고고하게
난처럼 청초하게
소나무처럼 꿋꿋하게
국화꽃의 그윽한 향기로

편안한 삶의 길을 걸어가소서

　　　　　-壬寅年 청포도 알알이 익어가는 계절에
　　　　　　　　　　　둘째 아우 드림-

보편적 착각

내 손주는
천재임이 틀림없어
하루하루 보이는 천재성에
절로 나오는 탄성과 기쁨

겨우 두 돌 지난 아이가
12색을 정확히 알다니
더구나
할아버지 *꼬꼬*는 검은색, 할머니 *꼬꼬*는 분홍색
이모 *꼬꼬*는 노란색, 리아 *꼬꼬*는 하얀색
아빠 *꼬꼬*는 하늘색, 엄마 *꼬꼬*는 빨간색
외삼촌 *꼬꼬*는 연두색, 외숙모 *꼬꼬*는 살색
또하부지 *꼬꼬*는 보라색, 또할머니 *꼬꼬*는 파란색
고모 *꼬꼬*는 주황색, 주철이 아저씨 *꼬꼬*는 초록색
사람마다의 *꼬꼬*색을 딱 한 번 정해놓더니만
순위를 바꿔 무작위로 물어도 정확히 답한다

내 아이 키울 때는 전혀 몰랐던
1대 걸러서 나오는 철저한 보상이다

나는 못내미가 아니에요

생후50일 외손녀 내면의 소리

못내미~ 못내미~ 까꿍!
할아버지 할머니는 신나서 나를 어르지만
나는 그 소리 정말 싫어요
아무리 반어법 이라지만요
미간을 잔뜩 찌푸려 반응해 보지만 아랑곳하지 않네요

몽실몽실 귀요미!
이렇게 불러주는 산후도우미 선생님이 참 좋아요
오늘은 나를 찬찬히 보시며
머리숱도 많고 피부는 뽀얀 우윳빛
눈썹은 그린 듯 선명히 예쁘고 콧날도 오뚝
오물오물 입술도 너무 귀여워
혼잣말로 중얼대시는 선생님
나는 안간힘을 다해
난생처음 옹알옹알 화답했지요

어머, 도아 엄마!
도아가 옹알이를 하네요

뛸 듯이 기뻐하는 엄마와 선생님

시평

오대혁 (시인, 문화비평가)

- 제주 출생
- 월간《신문예》시부문 등단 (2005)
- 문화비평가, 제주일보 논설위원, 국문학 박사
- 서울교대 외래교수
- 저서 및 작품집 : 『원효설화의 미학』 『금오신화와 한국소설의
  기원』 『시의 끈을 풀다』(앤솔러지) 등

청국장과 커피, 그리고 발효의 미학

오대혁 (시인, 문화비평가)

한 줌 가을볕까지 알뜰히 핥으며
그대들의 비리고 아린 삶 담아내려
무던히 애썼다오

– 강병숙, 「콩의 변辯」 중에서

1. 음식과 인생의 발효

음식은 생존과 문명을 보여준다. 음식은 생명체라면 생존을 위해 먹어야 하는 것이면서, 무엇을 어떤 방식으로 먹느냐에 따라 그 의미와 가치가 달라지는 것이다. 그래서 음식은 유기체로서 자기동일성을 유지하려면 반드시 섭취해야 하는 에너지 공급원으로 물리적인 것이기도 하지만, 일정 수준의 문화로 즐김의 대상이 됨으로써 문명화·인간화의 수준을 드러내며, 삶의 의미를 환유(metonymy)하는 정신의 투사 대상이 되기도 한다. 예

컨대, 현진건의 소설 「운수 좋은 날」에서 오랜 굶주림으로 급하게 먹다 체한 조밥이 화근이 되어 아내는 병을 앓다가 설렁탕도 먹지 못하고 죽음을 맞이한다. 아내는 하도 배가 고파서 숟가락도 지니지 않은 채 "손으로 움켜서 두 뺨에 주먹덩이 같은 혹이 불거지도록 누가 빼앗을 듯이 처박질하더니만" 결국 병을 얻어 죽음까지 이른 것이다. 조밥과 설렁탕은 1920년대 빈민, 나아가 조선 민중의 삶이 얼마나 고통스러웠는지를 드러내는 환유다.

강병숙 시인은 음식에 대한 시가 여럿이다. 필자가 접한 10편의 시 가운데 「콩의 변辯」, 「누름돌」, 「질경이」, 「황제 커피」 등 4편이 음식을 다룬 시이다. 이 시들은 오랜 세월 숙성되어 제맛을 선보이는 음식을 다루고 있다는 공통점이 있다. 그리고 나머지 작품들도 널리 보아 발효의 미학을 보여주는 작품들이 아닌가 한다.

2. 청국장의 숙성이 갖는 메타포

인간은 선험적으로 음식에 대한 유전인자를 갖고 있는 듯하다. 어머니가 잉태한 후 섭취하는 음식은 태어난 아이의 몸이 그대로 기억하는지도 모른다. 어린 시절 그렇게 먹기 싫었던 된장국이 세월이 한참 흐른 뒤 마음속에 똬리를 틀고 있다가 되살아난다. 그 속에는 유년과 어머니에 대한 추억, 혼란했던 시대나 강렬했던 굶주림과 같은 고통을 수반하여 잠재되었던 무의식이 존재한다. 강병숙 시인의 「질경이」는 '질경이 나물'을 통해 삶을 되새김질하는 시다.

입덧이 심해 비실비실 말라만 갔다
사월의 나른한 일요일 오후 토하고 또 토하고
축 늘어져 있는 나를 보다 못한 신랑이 울먹이며 말했다
먹고 싶은 것을 떠올려 봐 하나쯤은 있을 거야
아, 질경이 나물 엄마의 얼굴과 함께 떠올랐다
도시에서만 자란 그이는 듣지도 보지도 못했다며 난감해했다
할 수 없이 차로 동행해 서울 근교 시골 마을로 향했다
다행히 질경이가 무리 지어 있는 오솔길을 찾았다
이렇게 더럽게 짓밟히고 질긴 것을 어떻게 먹는담
투덜대면서도 그이는 한 소쿠리 가득 뜯었다
신이 난 나는 질경이를 삶아
갖은 양념을 넣어 조물조물 묻혀서
들기름에 슬쩍 볶으니
엄마의 손맛이 그대로 느껴져 입맛이 살아났다
몇 끼를 먹으니 입덧은 거짓말 같이 사라졌고
튼실한 사내아이를 순산했다
그 후로 나는 사월이면 질경이 나물을 보약 삼아 먹고 있다
아들도 유난히 좋아해 꼭 챙겨 먹인다
무참히 짓밟혀도 꿋꿋이 살아나는 생명력 강한 질경이 나물
보잘것없는 꽃대를 세워 종족 보존에도 충실하지
왠지 서민적으로 느껴져 더 살갑다

애련하게 나를 보듬던 풋풋했던 신랑이

이제는 머리 허연 노인이지만

질경이의 질깃질깃한 끈으로 잘 이어지고 있다

우리의 사랑은

　시인은 "더럽게 짓밟히고 질긴" 질경이 나물을 먹는 이야기를 들려준다. 질경이 나물은 '엄마'와 함께 떠오르는 대상이다. 들기름에 슬쩍 볶은 질경이 나물에서 '엄마의 손맛'이 살아나고, 그것을 몇 끼 먹으니 입덧이 사라져 아들을 순산했다. 그 후에도 사월이면 질경이 나물은 화자가 보약 삼아 먹는 음식이 되었다. '질경이'는 "무참히 짓밟혀도 꿋꿋이 살아나는 생명력 강한" 것으로 이해되고, 종족 보존에 충실하며, 서민적으로 이해되면서 화자 자신과 연결된다. 그리고 머리 허연 노인이 된 남편과의 '질깃질깃한 끈'이면서 '우리의 사랑'이라는 인식으로 확대된다. '입덧'은 '음식'과 '엄마'로 연결되며 여성성을 각인하는 소재로 등장하고 있다. 어머니 되는 자들이 경험하는 여성과 여성 사이의 연결 고리가 되는 것이 '입덧'이다. 그러면서 '질경이 나물'은 서민적인 음식이면서 강인한 생명력, 다산多産과도 연결되며 화자의 정체성을 인식하는 계기로까지 확대된다. '질경이 나물'은 물리적 시간을 관통하여 화자의 강렬한 기억 속에 저장되어 있는 것이다.

　「콩의 변辯」은 콩이 화자로 등장한다. 시인은 콩이 되

어 콩이 인간을 '부요富饒'하려 무던히도 노력하였음을
이야기하고 있다.

> 밤새 커다란 고무통 안에서
> 몸을 부풀려가며 두런거린다
> 두드득 두드득
>
> 한 줌 가을볕까지 알뜰히 핥으며
> 그대들의 비리고 아린 삶 담아내려
> 무던히 애썼다오
>
> 참혹한 도리깨질로
> 입었던 옷 다 벗어내고
> 동글동글 탱글탱글
>
> 그대들 환한 미소 앞에
> 우리는 새로운 꿈으로 가득하다오
>
> 아리고 비린 맛을
> 구수한 맛으로
>
> 바실리아균
> 레스베라트롤 동원해
>
> 그대들의 부요를
>
>   -「콩의 변辯」 전문

'바실리아균'과 '레스베라트롤(Resveratrol)'이라는 낯선 시어가 등장한다. '바실리아균'은 '바실러스 서브틸리스(Bacillus subtilis)'로 고초균이라고도 하는 것이다. 이것은 유산균이나 효모와 함께 유익한 미생물로 콩의 발효식품에서 중요한 역할을 하는 것으로 청국장의 바탕을 이룬다. 미생물의 번식 과정에서 만들어지는 청국장 고유의 강한 냄새가 이것 때문에 만들어진다. '레스베라트롤'은 콩의 발효 과정에서 나타나는 항암, 항산화 활성 물질로 항당뇨, 항노화, 심장병 예방 등에 좋은 성분이다. 그리고 도리깨질로 입었던 옷을 다 벗어버린 콩이 밤새 고무통 안에서 몸을 부풀린다든가, '아리고 비린 맛을 / 구수한 맛으로' 변화시킨다는 등의 표현등을 통해 콩의 발효, 청국장 같은 것을 이야기하고 있는 작품임을 알 수 있다.

콩은 의인화되어 있다. 콩들은 말한다. "한 줌 가을볕까지 알뜰히 핥으며 / 그대들의 비리고 아린 삶 담아내려 / 무던히 애썼다오", "그대들 환한 미소 앞에 / 우리는 새로운 꿈으로 가득하다오"라며 발효의 상황을 그려낸다. 비리고 아린 삶을 딛고 일어나 성숙해나가는 인생사와 결부되면서 시적 자장을 형성한다.

콩의 '숙성熟成'과 인간의 '성숙成熟'은 외부적으로 주어지는 시련과 고난의 과정을 통해 내부적으로 익어간다는 점에서 동일한 의미를 지닌다. 그런 성숙을 낳게 하는 외부적 억압을 의미하는 '누름돌'이 시적 대상으로 등장하기도 한다. "둥글둥글 모나지 않고 / 반듯하게 다듬어진 품새에 / 꾸욱 꾸욱 눌려 / 비로소 / 갇힌 공간에서 뿜어내는 / 숙성된 맛이 오묘하다"라며 숙성을 낳게 하는 누름돌을 노래한다. 그리고 "들떠 있어 그르치게 되는 많은 것들 / 나는 / 누구의 누름돌이 되어 / 제대로 된 맛과 향을 지켜주었는가"(「누름돌」)라는 반성을 낳게 한다.

그리고 시인은 「황제 커피」라는 작품을 통해 커피와 관련된 고종과 명성왕후를 떠올린다.

ㄱ. 건청궁에서 즐기셨다던
ㄴ. 누룽지 맛의 구수한 커피를 모처럼
ㄷ. 대청마루에 앉아서
ㄹ. 리듬 타는 여치 귀뚜라미 소리 들으며
ㅁ. 먼 산에 눈을 두고
ㅂ. 반 모금씩 음미해 본다
ㅅ. 시인 엄마 커피 중독자는 황제 커피 맛을
ㅇ. 어떻게 평가할까 궁금한 딸아이가
ㅈ. 저 멀리 군산에서 공수해왔다
ㅊ. 처음엔 시큰둥한 반응으로 일관했다
ㅋ. 커피에 상술을 덧붙인 불순한 의도가 싫어서
ㅌ. 타국에서 건너온 검은빛의 차를 마시며
ㅍ. 풍전등화 같았던 나라 걱정으로
ㅎ. 힘들었던 고종께서는 잠시 마음의 안정을 얻을 수 있었을까

ㄱ. 구수한 이 맛에서

ㄴ. 나는 잠시 건청궁으로 향해본다

ㄷ. 대들보의 위용에 압도당하며

ㄹ. 라디오 축음기 타자기 여러 소품 중에

ㅁ. 명성황후가 좋아했다던

ㅂ. 본차이나 커피잔에 유독 눈길이 간다

ㅅ. 사방을 병풍으로 둘러

ㅇ. 아늑함을 주고

ㅈ. 자연스럽게 비단 방석이 놓여 있다

ㅊ. 처음으로 두 분이 마주 앉아

ㅋ. 커피를 마셨을 때 기분을

ㅌ. 타인인 내가 한 세기를 넘어

ㅍ. 풋풋한 연정으로 느끼는 것은

ㅎ. 황후의 피가 흘러서가 아닐까

―「황제 커피」전문

　시인은 고종 황제가 마셨다는 '황제 커피'를 마신다. 군산에서 공수해 온 구수한 누룽지와 같은 '황제 커피'를 마시고 건청궁乾淸宮을 찾는다. 그곳은 커피를 좋아했다던 고종, 그리고 본차이나 커피잔을 좋아했다는 명성황후가 머물렀던 공간이다. 시인은 그들 부부가 다정히 커피를 마시는 장면을 떠올린다. 커피는 시인에게 황후의 피가 흘러 풋풋한 연정을 느끼게 만든다는 상상을 낳게 한다.

　커피 역시 수많은 공정을 통해 만들어진다는 점에서 청국장이 내뿜는 숙성과는 다른 형태의 시련과 고난을

동반한 결과물이라 할 수 있다. 커피나무에서 커피콩을 수확하여 껍질을 제거하고, 말리거나 습식 처리하여 원두를 만든다. 원두를 고온에서 로스터기로 로스팅하는데, 그 과정에서 내부의 성분은 변화하고 색깔과 향이 형성된다. 커피의 공정 과정은 앞서 본 콩의 숙성과 다르지 않다. 물론 시인은 작품 속에서 거기까지 가 닿지는 않았지만, 우리의 근대사와 연결하여 카이로스(Kairos)의 시간을 창출해내고 있다.

3. 발효된 삶의 향기

필자가 들여다본 강병숙 시인의 작품들도 널리 보아 발효의 미학을 보여주는 작품들이다. 「광양 명검」은 함께한 칼과의 인연을, 「이상한 흔들의자」와 「동문서답 요양병원」은 노년의 인생을, 「동피랑 벽화마을」은 낡은 가옥들을 예쁘게 치장한 마을을 다루었고, 「바람의 언덕 제주 수월봉」이나 「휴휴암」은 노년의 깨달음을 잔잔하게 담아냈다.

오늘은 우리가 은퇴하는 날

멀리 광양에서 소를 따라 와
이곳 강남에서 호흡을 맞춰온 지 30년

언 손 호호 녹여가며
한석봉 어머니 심정으로 심혈을 기울여
살점을 얇게 얇게 저미는 일
육즙의 풍미를 위한 작업이기도 했지만
세 아이 희망의 뜨락에
기도를 심는 일이기도 했어
네 희생이 요구되는 일이기도 했지
매일 숫돌에 너의 날을 아프게 비벼대며
시퍼렇게 깎아 내야 했으니까

희망의 뜨락에서 잘 자란 꿈나무들은
여섯 아이의 아버지 어머니로 우뚝 섰으니
양어깨 짓눌렀던 무거운 짐
이제는 가볍게 내려놓고 훨훨 날으리

내 어깨 굽어지고
손가락 관절이 울퉁불퉁 변하는 동안
서슬 퍼렇게 번뜩이던 너도 닳고 닳아
볼품없는 기다란 창칼이 되어버렸네

겉이 깎이는 동안 안으로 삭혀진 희생이
내공으로 쌓여 그 위용은 더욱 빛나니
나는 이제 너를 광양명검 이라 부르리
고운 칼집 만들어 네 공을 기리며
대대손손 가보로 삼으리라

- 「광양 명검」 전문

139

시인은 광양에서 만들어진 명검을 가지고 30년 동안 음식을 만들다 은퇴하기까지의 서사를 가전假傳처럼 들려주고 있다. 광양 명검과 함께 은퇴하는 날을 맞아 자신이 살아온 내력을 얘기한다. 광양에서 소를 따라 강남까지 와서 30년을 그 명검을 가지고 음식 만드는 일을 했다고 한다. 그런데 그 명검을 이용했던 것은 "살점을 얇게 얇게 저미는 일 / 육즙의 풍미를 위한 작업이고 했지만 / 세 아이 희망의 뜨락에 / 기도를 심는 일이기도 했어 / 네 희생이 요구되는 일이기도 했지"라고 말한다. "매일 숫돌에 너의 날을 아프게 비벼대며 / 시퍼렇게 깎아 내야 했으니까"라며 가족을 위해 명검의 희생이 요구되었다고 한다. 그런 과정을 통해 자식들을 길러냈다. 하지만 화자의 "어깨 굽어지고 / 손가락 관절이 울퉁불퉁 변하는 동안 / 서슬 퍼렇게 번뜩이던 너도 닳고 닳아 / 볼품없는 기다란 창칼이 되어버렸네"라고 한다. 화자도 명검도 닳고 닳아 볼품없는 신세가 되었다. 그러나 "겉이 깎이는 동안 안으로 삭혀진 희생이 / 내공으로 쌓여 그 위용은 더욱 빛나니"라고 찬양된다. 전傳의 행적부-평설부와 구성과 같은 형태로 광양에서 올라와 갖은 고생을 하며 자식을 길러내고 은퇴하게 된 상황을 명검을 통해 드러냈다. 명검은 곧 화자의 페르소나로 기능하면서 작품이 흥미로워졌다.

이 외에도 그의 시들은 고단한 삶의 여정을 통해 도달한 깨달음을 다양한 시편들로 보여주고 있다. 그 가운데 「바람의 언덕 제주 수월봉」은 제주 수월봉을 쳐다보며 아득한 세월을 뚫고 살아온 수월봉과 시인 자신의 삶을 겹쳐 표현한다.

중생대 백악기 아득한 세월
바다 한가운데서 펄펄 끓는 용암이 세 번이나 솟구쳤어요

그 뜨거운 열기가
지금도 지는 해와 손을 맞잡고 난동을 부려요
시뻘건 물감을 태평양 바다 위에 확 뿌려 놓고는
거센 바람에 힘입어
바닷물 하얀 포말과 섞여 요동을 치며
무지개로 퍼지는 모습은 숨이 막힐 지경이에요

기왓장처럼 켜켜이 쌓인 융회암 절벽에
처얼썩 파도가 부딪쳐 오면
바람의 언덕은 더 신이 나서
천지를 뒤흔들 것 같은 바람을 쏟아내며
바위에 미세한 구멍을 뚫어대요

수월봉은
그렇게 수월한 봉우리가 아니에요
요동치는 세찬 바람에 맞서
단단히 옷깃을 여미고

겸허히 몸을 낮추고 기다려야
세상에서 제일 아름다운 일몰을 볼 수 있어요

일몰을 머리에 베고 잠들었더니
나는 이미 백 년을 살아 버린 거예요

아, 세상사도
겸허히 몸을 낮추고 기다릴 줄 알아야
수월하게 일이 풀리고
아름다움을 맛볼 수 있군요

- 「바람의 언덕 제주 수월봉」 전문

　화자는 "중생대 백악기 아득한 세월 /바다 한가운데서 펄펄 끓는 용암이 세 번이나 솟구쳤어요"라고 제주 수월봉을 그려주면서 "지금도 지는 해와 손을 맞잡고 난동을 부려요 / 시뻘건 물감을 태평양 바다 위에 확 뿌려 놓고는"이라며 붉게 타오르는 저녁놀과 천지를 뒤흔들 것 같은 바람을 감각적으로 그려낸다. 화자에게 "세상에서 제일 아름다운 일몰"로 인식되는 수월봉 일몰 다음의 표현은 절창이다. "일몰을 머리에 베고 잠들었더니 / 나는 이미 백 년을 살아 버린 거예요"라고 무상한 인생을 한순간에 시적으로 그려낸다. 그리하여 오도송悟道頌과 같은 표현 "아, 세상사도 / 겸허히 몸을 낮추고 기다릴 줄 알아야 / 수월하게 일이 풀리고 / 아름다움을 맛볼 수 있군요"라고 한다. '겸허'나 '낮춤'을 그 누가 모를까? 다섯 살 아이도 알고 미수米壽를 맞은 노인도 모르지 않지만 실천하기 어려운 것, 지이행난知易行難이 아니겠는가? 시인의 삶이 발효되어 풍기는 향기는 구수하면서도 은근하다.